첫눈이 내게 왔을 때

첫눈이 내게 왔을 때

김흥기 시집

개미

| 自序 |

낡고 시시한 시들을
세상에 내보낸다
내 책임이다

그 오랜 시간동안
죽지 않고 꼬물꼬물 살아온
시들에게 미안하고
참 고맙다

2022년 새봄에
김홍기

| 차례 |

2부

연가(戀歌)

3부

서서 부르는 노래

4부

격려사

1부
서울 스케치

북악산

의혹도 없이
아름답게 소멸해 가는
작은 땅덩어리 하나가
차마 다 없어질 순 없어
조그마한 그믐달
등에 업고
세상을 바라보고 있다

신촌역

낮은 나뭇가지 위에
새집처럼 지어진
작은 신촌역

저마다 사연을 지닌
가난한 도시인이 깃털을 세우고
새집을 바라본다

— 오늘부터 6일간
　경의선, 교외선 열차
　공사 관계로 운행을 중지함

파고다공원

얼마나 부르고 싶었던 노래였던가
선조의 만세소리 하나로
무너지지 아니한 원각사지 10층 석탑은
대한민국 국보 제2호가 되었는데,
파고다아케이트에서 판매하는 혹은
광화문, 마포대교를 지나
김포공항 입구에서 아프리카로 수출하는
우리들의 만세는
그 얼마나 흔해졌는가?

광교에서

늦은 밤
조흥은행 본점 앞
가로수 잎새들도
가는 비를 맞고 있었다

건너는 사람 아무도 없는
넓은 횡단 보도
신호등만 마주보고
소리내고 있었다
뚜두두두 뚜두두

비에 젖어 선명한
횡단보도 흰줄 위로
순찰차만 빙글빙글
붉은 불을 돌리며 지나다니고

어둠이 비 되어 내리는 광교에는
새벽까지 눈 먼 서울을 위해

신호등만 소리내고 있었다
— 서울아 뭐하니, 서울아 뭐하니

할매의 겨울

영화 두 개 보는데 육백 원 하는
서울특별시 마포구 대흥극장 동시 상영관
칼 싸움하는 영화 간판 밑에
쥐포 파는 할매

백 원도 비싸 반으로 나누어 파는데
연탄불 위에 구워지는 쥐포 반쪽은
자꾸만 작아지고 또 작아지고
아이는 안타까운 마음으로 쳐다보고 있다

찬바람 부는 요술 사과 궤짝 위에
쥐포 열서너 마리
그것으로 할매는 이 추운 겨울의
서울특별시를 살아간다

교보빌딩을 지나며

일천구백팔십이 년 시월 열닷샛날
서울특별시 종로구 세종로 일번지를
지나며 교보빌딩에 세로로 목을 맨
플래카드를 보았습니다

근로자 고충 중점처리 기간 10.1부터 10.30까지

한 달이면 해결될
이 나라의 슬픔!

장충동 유관순

내 손톱이 빠져나가고
내 귀와 코가 잘리고
내 손과 다리가 부러져도
그 고통은 이길 수 있사오나
나라를 잃어버린 그 고통만은
견딜 수가 없습니다
나라에 바칠 목숨이 오직 하나밖에 없는 것만이
이 소녀의 유일한 슬픔입니다*

I
누님 왜 아직 그 자리에 서 계십니까?
붉은 피 묻어 더욱 순결한
백의민족 넓은 치마로도,
이제 이 세상 아픔
다 감추어 둘 수 없어요

이 춥고 어두운 겨울의 밤
Hotel Shilla 숙박계에도

상한 몸 맡겨 버리지 못하고,
장충동 고개 굽이굽이 너머 두 다리 절며,
누님 어디로 가세요

Ⅱ

누님 이제 내려와서 좀 쉬세요
오른손 높이 치켜든 횃불로도
이제 이 세상 부끄러움 다 밝힐 수 없어요

사람들 모두 남산타워만 바라보는
이 추운 실직의 밤에
반공연맹, 민주평화통일자문회의에
낙하산 자리 하나 얻지 못하고,
한남동 지나 어디로 가세요
누님 어디로 가세요

Ⅲ

어서 오세요
어제 왔어요
한 잔 하셔야지요
여대생 아르바이트 호스테스예요

천천히 놀다 가세요

이태원 홀딱쇼 아시지요
사회정화위원회 단속만 없다면,
조금 있다 보시게 될 거예요

저의 벗은 몸 보아야 할 사람
참 많은 것 같아요

내 몸으로 지킨 나라
내 만세로 지킨 나라

다시 팔아먹는 놈들
다시 억누르는 놈들

벗은 내 알몸으로
그 더러운 눈 멀게 할 거예요
모두 죽여버릴 거예요

Ⅳ
몇 번의 시위가 저의 생애 전부였어요
아우내 장터에서 일제타도, 일제타도, 일제타도
입장 장터에서 자주독립, 자주독립, 자주독립
괴산 장터에서 인권회복, 인권회복, 인권회복
충주읍네에서 민주쟁취, 민주쟁취, 민주쟁취

열여섯 내 여린 살덩어리
빛나는 일본제국주의 총검에
토막토막 꽁치처럼 썰어진 후
저는 이 세상 사람 아니었어요
우리 어머니, 아버지 슬픔 듣고 일어선
조선의 딸 되었어요

*유관순(1902.12.16~1920.9.28) 열사의 유언

똥파리를 위하여

초여름 지열이
아지랑이처럼
곱게 피어오르는
서울시 강동구 암사동

아스팔트 위에서
노곤하게 잠자는
들쥐의 주검 위로 떠오르는
한 무더기의 삶

참으로 노곤하게 잠자네
잠들어 있네
머나먼 곳
스와니 江

신평화시장

— 세상에는 새로운 것이 하도 많아서 평화
시장 건너편에 신평화시장이 새로 생겼습니다.

형광등 묽은 불빛 아래
왜소한 기침 소리 마저도 안으로
안으로만 삼키는 지금은
그러나 우리들의 일용한 양식을 위해
밤늦도록 수출용 인형의 실핏줄을
베어 물고 있습니다.

백성들은 깊은 밤까지 어리석어야 했으며
눈을 뜬 지식인들은 100원짜리 동전으로
이룩한 전자왕국을 마음대로 재미있게
부수고 있습니다.

좁은 골목길, 손님도 없어 여자만 모여 앉은
심심한 색싯집
가슴만 큰 계집들은 아크릴 간판 밑에서

일수통장을 헤아려 보며
둘셋씩 모여 쉰 목소리로 유행가를
불러대며 세월을 다스리고 있습니다.

먹기 위해 일하나
일하기 위해 먹는 것의 차이가 없는
청계천 신평화시장
빈 속을 채우기 위해 일하는 사람들은
말아놓은 우동가락을 주섬주섬
먹고 있습니다.

그러나,
어머니
언젠가는 이 나라 모든 장터에서
참된 평화를 파는 시장들이 생길 날을
우리 아픔 다스려 가며
깨어 기다리겠습니다.

한강철교

한강
여름
저녁
철교 위로 세월이 지나간다

밤안개에 묻어
부서져 내리는 달빛 헤치고,
서러운 몸으로 견디는
고요한 강물 위로
세월이 지나간다

누르는 고통의 무게만큼
더욱 견고한 뿌리를 내리는
철교의 꿈

새벽은 견디어 주는 아픔을
감사하며 달리는 자에게만,
우리들의 새벽은 온다

국풍 81'

불꽃놀이
총싸움
한해 보내고
여의도 광장으로 가다.

분을 바른
젊은 허수아비들이
무대 위에 모여서
밤새도록 튕겨도 맞지 않을 것 같은
키타를 치며, 춤추고 있었어요.

놀고 있는 그들이 제게 말했어요
예술한다고,
예술이란 늘 보는 마누라처럼 아무런
치장도 필요 없다는 소크라테스 선생님 말씀 아련하고
하겠거던 하라고 말은 했지만 배도 고프고
자꾸만 약해져 가는 내 눈에 무대는
오로라로 삐까번쩍 빛나고 있었어요.

둘러보니 구경꾼들은
애꾸눈 절뚝이에
곱사등도 있고
잇몸 누런 사기꾼도 쪼개고 있었어요.

유다의 땅
차려놓은 잔칫상 위에는
슬픔과 고통
불어오는 상한 바람에
쓰레기도 외로워 광장을 돌고 있고요.

닐니리야
퉁소, 피리, 장구소리도
전기기타 키보드에 묻혀가고

밤이
우리의 죄악 군데군데를 끊어놓기 위해
어둠을 몰고 오면
그 누구도 없는 적막 속에
넓은 여의도 광장은 목이 메어 쉰 목소리로
통곡을 해요.

동작동 국립묘지

1
어느 날
그 어느 날
국립묘지는 말이 없다
비가 있을 뿐
바람이 있을 뿐
소록소록 잠들어 내리는 눈이 있을 뿐
국립묘지는 말이 없다

작은 관 하나 들어오는 넓은 입구
군복도 정신도 각이 선 헌병이
허수아비처럼 아스팔트 위에 심어져 있고
따뜻한 유월의 햇살 힘으로 돌아가는 꽃시계
흰 천으로 상처를 동여 맨 군용 트럭
누가 죽었나
또 누가 죽었나
충신
간신도 부끄러워

말이 없는 동작동 국립묘지

2

어머니 손에 이끌려 온 아들은
아버지 계급이 밤나무 이파리 가지고도
만들 수 있는 육군 중사
포탄 맞고 용감하게 죽은 육군 중사라는 것밖에
얼굴도
아버지 웃음도 모른다

작은 무덤 옆에는 조그마한 돌비석
희미한 군번 옆에 쓰인 육군 이 중사
아버지 군번 아버지 이름만이
외롭게 주검을 지키고 있다

3

국립묘지
외로운 동작동 국립묘지
꽃시계의 바늘도 자기 나라를 찾고
이제는 바늘 가는 것 아니고
꽃잎이 가고
꽃잎이 가는 것 아니고
우리 모두가 함께 가고 있다

우리도 땡땡땡 종 치는
삶보다 소중한 죽음을 향해
조금씩 조금씩 국립묘지의 밤과 함께
지금 우리도 가고 있지 않느냐?

청계천

잔돈 있는 놈 다 모여라
우리 짤짤이하자
여러 놈 잡아서 한 놈이라도
살리자
홀짝 홀짝 홀홀홀

잔돈 있는 놈 다 모여라
우리 삼치기하자
여러 놈 잡아서 한 놈이라도
살리자
어찌 두비 쌈 어찌 두비 쌈

잔돈 있는 놈 다 모여라
우리 함께 고스톱 치자
여러 놈 잡아서 한 놈이라도
살리자
청단 홍단 고돌이에 못 먹어도
Go

— 오늘 청계천 노름판에서
고향 친구를 만났어요
반가웠는데, 그놈도 나도
아는 첼 하지 않았어요

잔돈 있는 놈 다 모여라
짤짤이하자
한 놈의 여비라도 만들어
해마다 이맘때면
앞산에 진달래꽃 마구마구 피어오르는
우리들 떠나온 고향산천으로 보내자

읍네 미장원집 점순이 경옥이는 시집을 갔나?
성황당 건너편 아름드리 고목나무 아직도 건재한가?
비료값 인상에 동리 사람들 모가지 빠지지나 않았나?
아, 울 아부지는 죽었나
살았나 소식이라도 좀 들었으면 정말 좋겠다

에라 모르겠다
훌짝 훌짝 아찌 두비
싸움

여의도 광장

여의도 광장에
사람들이 왕창왕창
모일 때마다
한판 마당 가운데
진실한 것이라고도
애 업은 아줌마가
포장마차 위에 놓고 파는
고단한 눈물로 삶은
찐 계란과 순대뿐

연희동 블루스

비 오는
겨울 오후
연희동 부자들 모여 사는
부자동네

구멍난 구두 속으로 스며드는
빗물처럼 서글픔이 쏟아진다
이 세상
영원인 것은 아무것도 없지만

— 야 나도 저런 집에서
한번 살아 봤으면,

비 오는
겨울 오후
도둑도 신사되는
신사들 동네

거대한 포크레인으로 꾸미는
너의 집 정원은 너의 것이고
빗물 새들어 오는
내 똥구두는 내 것일 뿐인데,

— 이런 말이 있더라
대문은 넓고 낮아야 한다고

청량리 뇌병원

그 옛날 외솔 최현배 선생 아들
최신해 원장 살아계실 때
한 달에 한번씩 시집이나 소설책 얻으러 가던
청량리 뇌병원
그 집 마당에 들어서면 언제나 긴장된다
정신이 맑아진다

강건한 사람은
강건하지 아니한 사람의
강건하지 아니함을 쉬 알 수 없어서
늘 강건하고,

강건하지 못한 사람은
강건한 사람의
강건함을 쉽게 눈치채지 못해서
늘 병으로 히죽히죽 웃고 있다

정신이 있는 사람은 다 병이 있다

가는 세월

수유리 4.19묘지 골짜기
깊숙히 불어오는
가을 바람은 여름,
그 뜨거운 날들의 허물을
한겹 한겹 벗겨내고 있다

국회의사당

찌거덕 찌거덕
여의도 한복판에도
가위 치며 고물 사는 엿장수가 있다네

찌거덕 찌거덕 꽝꽝
불손한 생각일까? 믿을 수 없다네
그들은 조국과 민족을 위하여 산다는데

찌거덕 찌거덕, 찌거덕 꽝꽝
요란한 가위소리 뚫고 내게 들리는
엿장수 아저씨 노곤한 목소리

고물 삽니다
빈 병이나 헌 냄비 삽니다

국회의사당 삽니다

입 다물고 죽은 명태

중부시장 어물 도매점
아가미 뚫려 입 벌린
수백수천 명태 주둥아리
입을 꿰는 싸리나무들의 일렬종대

은물결
금물결
아스라한 너의 꿈과 검푸른 파도 사이
미역 내음, 갈매기 날갯짓, 작은 발동선
동해 창망하여라

입 다물고 죽은 명태여
바다 위로 불던 바람
육지 위에도 분다

쓰레기

자정 지나 늦은 밤
집으로 돌아가는 길
버스도 끊긴 이태원 골목길
산더미처럼 쌓여있는 쓰레기들이
청소차를 기다리고 있다

이 많은 쓰레기는 어디서 와서
모두 다 어디로 가는가?
스스로 돌아봐도 쓰레기보다 못한
내 하루!
갈 곳 없어 서성인다

쓰레기의 친구로
평생을 산 모든 분들에게 미안한
집으로 돌아가는
어느 늦은 서울의 밤

2부

연가(戀歌)

연가(戀歌)

내가 너를 진실로 사랑함 같이
네가 나를 진실로 사랑한다면
내가 너의 사랑하는 모든 것들을 사랑함 같이
네가 나의 사랑하는 모든 것들을 사랑한다면

바람으로만 몸짓하는
허수아비의 가을 들판을 날며
여물어가는 쌀알을 쪼아먹는
두 마리 참새로 남을 지라도

우리의 노래를 나누어 놓을
새총이 있을까?

아침 기도

세월이 흘러가면
오는 시간이 아닙니다
이 아침은,
많은 고난과 씀바귀 같은 슬픔도
기쁨처럼 여기며 살아왔는지
어깨 뒤쪽의 시간을 지금은
되돌아보게 하소서

세월이 흘러가면
오는 시간이 아닙니다
이 아침은,
울고 웃고 때로는 가슴을 치며
사는 것처럼 살아 왔는지
내 이웃의 앞날을 위해 지금은
두 손 모으게 하소서

세월이 흘러가면
언젠가 다시 되돌아볼

낡은 사진 한 장
그러나 냇물처럼 세월이 흘러가면
그냥 오는 시간이 아닙니다

우리들의 이 아침

아버지 바다

1

동해 청명한 햇빛가루로
바다는 해초를 키워가고 있다
뻘에는 어린게들이 저마다 집을 짓고
해풍은 가벼운 소금기로 멀리
노란 청무 꽃들을 흔들고 있다
아버지의 만선을 꿈꾸는 출항제
오랜 연륜으로 때묻고 바랜
삶의 닻을 올리는
그 삶의 햇빛에 그을린
견고한 아버지 손
엄마의 체온에 기대어 아들은
평온한 아버지의 땅 위로 떠나는
작은 고깃배만 바라보고 있다.

2

아버지 바다는 가고
또 가도 끝이 없다.

항해일지에는
작은 고기 한 마리 가두어 두지 못하고
어망(語網)에는 '아들아 너를 사랑한다'
아버지의 말씀만 싱싱하게
퍼득인다.

3

파도
방파제 뒤엎은 파도는 바다를 벗어나
죽책으로 둘러친 샛노란 무꽃까지
적시며 파도는 끝이 없었다
아버지의 전생애 한가운데로
마른번개가 치던 그날 밤
하늘이 바다, 바다가 하늘이었고
아버지는 거친 파도가 되었다.

4

우리들 일용한 양식이 될
만선의 꿈은 아버지의 검정 고무신 안에
'아들아 너를 사랑한다'
'아들아 너를 사랑한다'
그분의 따뜻한 말씀만 싣고 마을 앞
해변까지 밀려왔다

날씨 맑아 파도가 없고
멀리 북망산이 보이던 그날 아침도
아아, 어머니 자궁같이 고요한 바다
아버지 바다는 끝이 없었다.

5

아버지의 바다
아버지의 땅은
끝이 없다.

할아버지 나라

1

그때
나는 죽어가고 있었다
아무리
바둥바둥
발버둥쳐도
내 삶의 견고한 줄은 보이지 않고
죽음의 깊은 자맥질만 계속되고 있었다
철둑 위에서 칠곡군 지천면 신동(新洞) 누나가 던져준
국광사과는 더 이상 보이지 않았다

막내아들 익사사고를 듣고
정신을 논두렁으로
길섶으로 사방에 흩어놓고
맨발로 달려오신 울아버지, 그때
똥지게 지고 영어를 가르치며
농민운동을 하던 중학교 교장선생이었다

— 아이 엠 어 코리언 보이
미국사람과 우리나라 사람이 손 그림으로
악수하는 포대 속에 든 원조 밀가루
사거나 팔 수 없다는 그 밀가루로
식빵을 만들던 우리 어머니는 시골 요리학원 원장이었다

2
죽음이 방생한
한 마리 물고기로 살아나서
나는 자꾸 헛소리하며
검정 고무신만 찾고 있었다
그 후
이 땅에 뜻 모를 손사래짓만 남기고 가신
할아버지는 그곳에서 무엇하고 계실까?
지금의 나를 보고 할아버지는
무슨 이야기하고 싶으실까?

아직까지 할아버지 손짓의 의미조차 모르는 나에게
당신은 마지막 정을 주셨고
그 무덥던 1964년 8월의
아득한 기억 끝으로
갓을 남긴 채, 하얀 모시적삼 곱게 남긴 채
할아버지 나라로 가셨다

할배요 살려주소
제발 살려주소 내 동생 좀
살려주소 할배요 살려주이소……
길길이 날뛰며 울부짖는 형의 통곡을 남긴 채
물에 젖어 풀어진 나의 맥박을 남긴 채

3
원조도 끊어진 어머니의 밀가루 포대 속에는
걱정과 한숨만이 차곡차곡 쌓이고
우리 식구들은 연와동 미군부대에서
얻어온 짬뽕이라 부르던 음식찌꺼기로
허기진 세월을 지탱하고 있었다

— 농민의 벗이 되어 노래 부르고
아름다운 조국에 생기를 몰고 —
아버지의 노랫소리, 휘파람소리도
그 후로 다시 들을 수 없게 되었다

4
할아버지, 할아버지, 할배요
그 언젠가
내 삶에 대못 하나 튼튼히 박고
무명실에 눈물 몇 겹 모아서 만든

삶의 푸른 깃발이 펼쳐지는 날

나도 우리 할아버지 만나러
하늘나라로
날아갈 거예요

바람드리 노래

학기말 시험 마지막 날 잿빛 눈이 내리고,
할머니 돌아가셨습니다
임종하기 며칠 전 할머니는 밤샘 공부를 하다가
연탄가스에 중독된 어린 손자를 위해
새벽까지 동치미 국물을 먹여주셨습니다.

겨울 마당에 쓰러진 손자녀석의 등 위로
우리 할머니 사랑손 한 번씩 닿을 때마다
까만 동짓달 밤 하늘 위로 초롱초롱
별 하나씩 떠올랐습니다.

거짓말, 거짓말 하지 마세요
우리 할머니는 정말 죽지 아니했어요
시골학교 운동회 만국기처럼
펄펄 나부끼는 흰 눈을 가로질러
겨울바람 부는 풍납동 성둑까지 달려갔습니다.

문살무늬 멋진 창이 달린

집 같은 집을 짓는 대목수가 되겠다는
내 꿈은 할머니 죽음 앞에서
한없이 작아지고 부질없었습니다.

지금은 푸른 여름
바람들이 풍납동 성둑 앞으로 큰 길이 나고
철책이 둘러져 있는 토성 안에는
커다란 은행나무 몇 그루만 자리를 지키고 있습니다.

할머니 마음에서 내가 떠난 후
집 같지 아니한 집을 지으며 사는 법도 제법 익혔지만
가난의 집에서 평생을 보낸 거짓 없었던
할머니 일생은 지금도 잊을 수 없습니다
할머니, 잊을 수가 없습니다.

탱자꽃

달도 없는 산길은
어둠이 걸어가고,
내 발길 더듬는 척박한 땅이
길이 되어 걷는다

어쩌면 내 어머니 살아오신
일생 같은 비 뿌리는 황토 산길
당신은 무슨 바람으로
이 긴 시간을 살아오셨습니까?

솔밭에는 산새들의 젖은 울음소리,
과수원 탱자 울타리 사이로 스쳐 가는 피묻은 바람소리
낮은 마을에 가지런히 서 있는
초가집에는 개 짖는 소리만 컹컹컹
내 빈 마음에서 서로 서로들 만나고,

구름 뒤에서 우는 어머니
그러나 당신의 눈물 종자 한 톨

5월 어느 날 가시넝쿨 속에서
탱자꽃으로 피어, 저를 보고
환하게 웃으시겠지요

어머니 기도

야야! 니는 내캉
청도 운문사 옆에 가서 장독 수천 개 쌓아 놓고
공장 지어서 고추장 담고,
된장 담고, 사업 한번 벌리자
니는 마음씨 착하고 성실해서
그라마 큰돈 벌끼다
그마 제약회사 때려치았뿌라!

주여, 믿습니다!

야, 아범아!
니는 지금이라도 광고회사 때려치우고
신학교 들어가라
니 말솜씨가 짬쪼롬해서
순복음교회 조용기 목사님
명성교회 김삼환 목사님보다
훨씬 더 큰 교회 만들끼다

할렐루야 우리 주님 아멘!

돌아가신 우리 어머니가
가끔 내게 말씀하셨다

나도 누나가 있다(Ⅰ)

경상북도 청도군 운문면 대천리 747번지에서
서기 1955년 10월 25일 누나 태어나다

누나, 초등학교 1학년 때
이 세상에서 마지막으로 할아버지 요강을 씻어 놓고
대구 동산병원 응급실에서
병명도 모른 채 죽었다는
나보다 세 살 많은 우리 누나!

어른들 말씀으로는 무지무지
무지막지하게 곱고 착해서
그 어린 나이에 할아버지
거친 노환을 작은 손으로
다 감당했다고 한다

내 유년시절
13년 전에 돌아가신
그 당시 30대 엄마는 바느질하면서,

구멍난 양말을 꿰매면서,
가끔 혼자 소리로 흐느끼며, 매일 울음을 감추셨다

도무지 얼굴조차 기억나지 않아
더욱 보고 싶은 우리 누나
누나가 살아 있었다면, 누나가 내 곁에
늘 가까이 있었다면, 나는 분명
지금보다 더 좋은 사람이 되었을거야

누나, 보고 싶다
가는비 오는 오늘은 정말 보고 싶다
누나, 영숙이 누나!
아무리 애써도 아무런 기억조차 없는 누나!
누나 떠나 보내고 나도 가끔씩 쓸쓸했다

늘 보고 싶었던 누나
내 마음 보여 주고 싶어서
훠얼 훨훨훨 날아서
때가 되면 나도 그곳으로 갈게
누나 만나러 꼬옥 갈게

누나가 떠난 후
얼마간 누나와 함께 살았던 경산시 경산읍 삼북동

151번지에서 여동생 신혜가 1961년에 태어나고, 아버지가 똥지게 지고 영어선생하던 칠곡군 지천면 신동 833번지에서 1963년에 여동생 성혜와 1965년에 지혜가 태어났어. 그리고 누나가 죽은 지 한참이나 지나서 1973년 막내 남동생 혁기가 대전시 선화동 108번지에서 늦둥이로 태어났다. 젊은 시절 매일 누나를 그리며 울던 우리 엄마는 2008년 12월 27일 누나 만나러 갔어

누나 그때 엄마 만났지!
우리 소식 다 들었지

누나, 가족에게도 상처주지 않는
결고운 그리움의 양털구름 타고
언젠가 누나에게 나도 가겠지
누나에게 도착하겠지
그리운 누나의 나라에 다다를 수 있겠지
우리 누나!

나도 누나가 있다(Ⅱ)

지금은 요양원에 계신 내 아버지 18번 황성옛터
동향의 원로가수가 부른 이별의 종착역
연애시집 제목 같은 그리움은 가슴마다
돌아가신 엄마가 자동으로 생각나는 찔레꽃
흘러간 옛 유행가를 들을 때마다

그 유행가 끝자락에 묻어 나오는
내 눈물은 슬퍼서 우는 게 아니라
늙어서 우는 게 아니라 사실은
우리 누나 보고 싶어 흘린
그리움 때문이야

보고 싶은 누나
누나가 바빠서 올 수 없다면
내가 누나 있는 그곳으로 가야지
누나, 그리움 때문에 잊혀지지 않는 사람은
결코 죽은 사람이 아니야

그때 그날들

피난시절 어머니는 영천장에서 떡장사를 하셨고, 아마 북에 계실 아버지는 생사를 모릅니다 삼촌은 사리원 폭격 때 돌아가셨습니다 큰오빠는 인민군으로 끌려가고, 수색 고아원에서 헤어진 작은오빠를 동두천 미군부대 근처에서 보았다는 사람이 있었어요 저를 잠시 길러 주신 수양 어머니는 개성 사람이라고 하더군요 작은오빠 얼굴도 아버지, 어머니 이름도 저는 아무것도 그저 펑펑펑 대포 소리만 기억 속에 아련해요 오빠, 작은오빠 우리들의 유년시절 뒷산 언덕배기 솔밭에서 같이 놀던 우리 오빠가 맞지요 저는 지금 장한평에 살고 있어요

어제의 햇빛 아득하여도
오빠, 남은 눈물 모두 흘려
이제는 눈물 더 받아들일 수 없는
슬픔의 수심 깊은
푸른 강을 만들어
우리들의 배를 띄워
힘차게 노저어

고향으로 가요

밥

정갈한 밥
한 그릇 마주하고
그분을 생각한다

그분의 삶 반
땀 반으로 만든
이 한 그릇의 밥

나는 그저 살겠다고
버둥대는 출근길 아침

무슨 까닭으로
이 목숨 연명하는지

구정

신정 오면 구정을 쇠고
구정이 되면 신정을 지냈다고
이웃들에게 말했다

공복으로 맞이하는
깨끗한 구정 아침
우리 가정을 위해
다행히 신 구정이 있어
얼렁뚱땅 살 수 있다는 것도
큰 다행이지

아, 무수한 가난한 날들이 지나고
돌아오는 중추절에는
내 이웃들에게
또 무슨 말을 해야 하나?

행복한 나라

서울 변두리 교회에서
십자가를 지고 계신
우리 아버지

행복한 나라를 위하여,
그 십자가 지심으로
우리 공부 시키시고,
식구들 먹이시고, 입히시고,
잠재우시고, 가끔 세상과 싸움도 하신다

뻘뻘 땀 흘리며 십자가를 지고 계신
우리 아버지
이 세상 한구석 높이 들고서
언제까지 견딜 수 있을까?
참담한 이 땅 위에서
더 행복하고 그리운 그의 나라를 위하여

너의 이름은

한남동 산동네, 멍청한
혹은 넉넉한 밤 풍경
순천향병원 모자보건센타
부자간 정으로 모자간의
잠든 모습을 바라본다

병명 〈Pneumonia〉
5% GLUCOSE INJ 링게르 병 위에
거꾸로 적혀있는
광주 · 대구산 천연기념물
잘자라

너의 이름은 金山

칼

만들기로 했다. 결국,
세상 모든 것들을 단절하여
숨죽이고 싶었다

연장통에서
대못 하나를 몰래 감추었다
철둑길에 곱게 누워있는 레일 위로
쏟아지는 쪽빛 달빛

밤이슬로 차가워진 철길 위로
가쁜 숨 몰아쉬며 달려오는
열차 소리

아무것도 죽이지 못하고
모든 것이 아름다웠던
유년의
殺氣

동신제(洞神祭)

음력 정월 초하룻날
아침 차례와 세배로
담뱃잎만큼 큼지막한 인정이 오가고
하루해가 저물면
추운 겨울 마당 한가운데
가난한 마당에 불을 지피고
마을 사람들이 모여
새해의 풍요를 기원하는 동신제

영구네 할배
둥둥 둥두둥 곱사춤 추고
스무 살즈음 바닷바람에
남편 맡겨버린 완도댁
내림무당이 되어 그 맑은
불빛을 실성한 눈으로 쪼이고 있다

어기여차 상사디여
어기여차 상사디여

온 마을 사람들 억센 횃불로
바다의 어둠 끊어내고
엉김 몸 성긴 땀으로
부상 없는 함성으로
힘찬 노래만으로
밤 깊도록 계속되는
우리 마을 부락제

쥐불놀이

청솔가지 사이로 떠오른
맑은 정월(正月) 보름달로 불을 질렀다
연와동 아이들 건너편 산기슭에서
깡통불로 검은 산 군데군데 푸르게 잠깨우며
우리들 싸움은 시작되었다

나는
송홧가루 묻은 마른 솔방울을 한 줌
색바랜 고리땡바지 주머니에 넣고
몸집 큰 동네 형들의 흔들리는 그림자 뒤로
쫄랑쫄랑

솔숲을 스치며 부는 겨울바람을 타고
불꽃들은 작고 신비한 소리로
거대한 생목(生木)들을 쓰러뜨렸고
중천에 불끈 솟은 대보름달은
하늘 높이 불꽃들을 불러모은다

싸움은 계속되었다
점령하고 되돌려줄
분단 없는 산등성이 위에서
한 목소리 함성을 지르면
죄 없는 보름달만 겁을 먹고
하늘 높이 올라가네

청주 스케치(1978)

청주의 아침은
여섯 폭 작은 병풍
우암산 아래로 온다

청주의 정오는
햇빛 받는 작은 물결
썩은 무심천 아래로 내려 앉는다

청주의 저녁은
공단 기계소리, 커다란 비명소리
핏기 잃은 서청주 공업단지

방직공장
대농청주공장을 감싸고
서서히 침몰한다

월악계곡

산이 산만한 높이로
아름답고 다양한 자세를 지니고
물이 물만큼 맑게 흐르며
어린 고기떼들을 거느리고
돌 틈에 스치면 스치이는 데로
소골소골 노래를 한다

마의태자
무명옷에 누이와 함께 걸어 간
눈물의 계곡
오늘
우리는 또 무슨 눈물
가지고 걸어갈까?

산나리꽃 가득 피어 있는 월악계곡
저토록 단정한 돌계단 위에서
민비,
그녀는 무엇을 빌었길래

그렇게 무참히 죽어갔을까?

마애불석상
오늘 덕주공주의 오른손 안에
한 줌 이끼로 남은 신라 천년
아침 햇살에 새롭다

청주 가는 길

6월
하늘
조치원
청원군
강외면
다리
건너
미호천

청주시
국도변
길게
늘어진
하늘
감싼
플라타너스
동굴

청주로
들어서면
차창
밖으로
보이는
색깔
다른
두 개의
하늘

3부
서서 부르는 노래

5월의 노래(Ⅰ)

1

사는 날까지 하늘을 우러러

여러 부끄러움이 덤성덤성 있기를

잎새에 이는 바람에 조차

나는 괴로워할 줄 몰랐다

2

모란꽃 피는

오월이 오면

지랄탄, 최류가스 속에 피어나는

우리들의 데모크라시꽃

— S대 1만 명 소수의 학생시위

학생 6명 부상에 전경 백여 명 중경상

아, 용서하라

치안은 불안하고, 우리의 전투경찰은 연약하다

3

날카로운 첫 키스의 추억에 혀 잘리고

나는 향기로운 님의 말소리에 귀먹고
꽃다운 님의 총소리에 눈 빠졌습니다
아프가니스탄
마닐라
루마니아
혹은
광주천
무등산
금남로에서

4
최류탄 가스에
흘리는 눈물 속에도
글쎄, 서정성이
있더군요

5
관제언론이여
매춘관광이여
가랑이를 벌리는 데로
순수입을 얻으리라
— 살살 벌려라
가랑이 째지겠다

6

먼 곳에서

교황님이 오시고

그곳을 방문하셨습니다

— 광주 사람들 그동안 고생 많이 했다지요

— 모든 일들이 주의 뜻대로 이루어지다

— 왜 사람들은 세상 일들을 엉망으로 벌려놓고

모든 일들이 주의 뜻대로 이루어진다고 말을 할까요?

7

천주께서

우리 죄를 사하여 주옵시고

우리의 몸을 온전하게 주신

참 뜻을 알게 하시고……

— 두 눈을 감고 기도하고 싶은데

저는 한눈뿐이 없습니다

8

*말벌이 뱀의 머리 위에 앉아

침으로 계속 쏘아댔으므로 뱀은 아파서 견딜 수 없는

지경이 되었다 그러나 뱀은 아무리 생각해도 복수할

방법이 없었으므로 구르는 수레바퀴 밑에 자기 머리를

집어넣어 말벌과 같이 죽어버렸습니다

그러나 그날의 주제는
화해와 용서였습니다

9
글쎄,
그날
삼천리 금수강산
진달래꽃만큼이나
없어졌을거야(?)

10
……우리를 위하여 피땀 흘리심을 묵상합시다
……우리를 위하여 매 맞으심을 묵상합시다
……우리를 위하여 십자가에 못 박히심을 묵상합시다
말없음표 안에 들어갈 수 있는 모든 것들을 위하여
……합시다

11
같은 물을 먹고도
벌은 꿀을 만들고
뱀은 독을 만든다

12

역사는 말이 없다

역사는 꼭 말을 한다

*이솝우화 중에서 발췌

5월의 노래(Ⅱ)

— 전정옥의 편지

아지랑이 타고
꼬불꼬불 내려오는
한 가닥 5월의 봄 햇살이
내 이마에 닿을 때,

나는 왜 그것을
빛 쪼가리로 느끼지 못하고
하나님이 쏜
화살로 받아야 하나

5월의 노래(Ⅲ)

꽃이 피고, 또 지고
바람 불고, 비가 오니
이제 빛고을 광주에도
부활의 계절
오월이 돌아왔습니다

오월에는
겸손하게 무릎 꿇고
반듯하게
두 손 모아서
하나님께 기도 올리고 싶습니다

— 주님, 그러나 저는 지금
한 손뿐이 없습니다

서서 부르는 노래

— 화가 전지연에게(1)

아침 햇살을 맞이한다
어제 흘린 희뿌연 눈물은 그의 양식이 되다
아침, 초록빛 햇살이 싱그럽다.

나무는 서서 자유롭게 바람을 마주한다
먼 곳에서 불어오는 바람으로 그가 노래를 부른다
한낮, 들리는 하모니카 소리가 경쾌하다.

나무는 서서 거친 비도 맞이한다
나무는 서서 그 고난으로 자기 몸의 때를 씻어내린다
오후, 하늘의 붉은 노을이 가없다.

나무가 변함없이 서서 세상을 바라본다
세상도 가만이 나무를 쳐다본다
자연, 아무런 소리가 없다.

가끔 나무가 서서 부르는 고단한 노래는
새처럼 검푸른 하늘로 높이높이 올라가

다시는 세상으로 내려오지 않는다.

나무는 서서 죽는다
나무는 서서히 서서 죽는다
이 세상 모든 나무는 서서 소리없이 죽음을 받아들인다.

평생 서서 부르는
고단한 삶의 노래를 다시 부르며
나무는 올곧게 서서 죽는다.

참 아름다운 부활의
그날을 위하여
— 잘가라 내 청춘*

*「잘가라 내 청춘」은 2007년 민음사에서 발간된 이상희 시인의 시집이다. 시집에 같은 제목의 시가 실려 있다.

하모니카

— 화가 전지연에게(2)

그렇게 가슴 한가운데로

구멍이 뻥뻥뻥 뚫려 있으니,

그런 소리가 나지요

사랑 노래

내가
한 무더기의
들풀일 때
넉넉한 갈바람으로,

내가
한 마리의
쏘가리 새끼일 때
따뜻한 은빛 햇살로,

내가
한 그루의
떡갈나무일 때
숲속 적시는 한 줄기 단비로,

내가
구름 가득 안고 있는
겨울 하늘일 때

펑펑펑 쏟아지는 따뜻한 함박눈으로,

스스똔똔, 스스똔똔
내가 부르는
사랑 노래 끝에는
언제나 그대가 있다

세상의 모든 노래

쉬운 시도 있고,
세상에는 어려운 시도 있습니다

세상에는 싸구려 눈물도 있고,
그래서 귀한 쪽빛 눈물도 있습니다

세상에는 쉬운 여자도 있고,
참 어려운 여자도 있습니다

쉬운 여자의 어려운 노랫가락을
당신은 아십니까?

까다로운 여자의 가슴 아픈 사랑 노래를
혹시 당신은 아십니까?

세상의 모든 노래는 참말입니다

허수아비 노래

사실 엄청난 것처럼 주인은
넓고 푸른 들판 위에
저를 박아 놓으셨지만
바람맞고, 흙 먹고 살아가는
좌충우돌 동문서답
저는 정말 아무것도 아니에요

주인은
훠어이 훠어이 참새만 쫓으라 하셨지만
솔직히 말해서
그이마저 없었다면
삼천리 금수강산
이 세상 저는 견딜 수 없어요

누가 노래를 시작했나

산이다
강이다
꽃핀 단풍이다
누가 이 가을을 노래했나

휘몰아치는 돌개바람
밤마다 번쩍이는 칼날이다
온통 쏟아지는 회색빛 절망이다
누가 이 겨울을 노래했나

아이야
겁내지 마
우리는 노래를 한 것 뿐이야

바람 부는 날

누가
바람 부는 날
노래할까

그 누가
눈보라 헤치고
노래를 할까

산 넘고 들 건너
넘고 넘어서 다시 돌아오는
온누리 누리에 벅찬 노래
그 누가 할까

누가 울고 있는가
바람 부는 날
눈보라 치는 날

그 누가 소리내어 울고 있는가

바람처럼 울고 있는가
눈보라처럼 울고 있는가

누가 첫 울음을 울었는가?
누가 첫 노래를 불렀는가?
그 누가?

그날을 위하여

즐거운 날은 바람불어야 한다
그리하여 그 바람에 먹을 양식 얻고
우리 버릴 허위를 날려 보낼 일이다.

즐거운 날은 비 내려야 한다
그리하여 그 비에 우리 마음 자라고
우리가 지닌 거짓을 씻겨낼 일이다.

참으로 즐거운 날은 눈물도 흘리고
그리하여 그 눈물 하나로 그리운 친구들
모두 불러내어 북치고, 장구치며, 얼싸안고
노래 부를 일이다
눈물 흘릴 일이다.

즐거운 날은 바람불어야 한다.

빈들에서

그토록 오랜 햇살의 사랑과 두려움
고개 숙인 겸손과 슬픔의 무게도
절단된 세상

남도 시월
떠날 것 제 뜻대로 떠나지 못하고
남을 것 제 뜻대로 남지도 못함

낫질당한
볏짚만이 무수히
일어서는 빈들에서

밤새 내린 달빛만
들바람에도 흩어지지 않고
차곡차곡 쌓이네

바람을 만난 적이 있는가?

바람을 만난 적이 있는가?
아무런 느낌 없이 훅하고 지나가는
지난 후에야 알게 되는
그런 바람을 당신은 만난 적이 있는가?

바람을 만난 적이 있는가?
피부를 스쳐 가며 이런저런 아픔을 씻어주는
연초록 잎새들을 마구마구 흔드는 정갈한
그런 바람을 당신은 만난 적이 있는가?

바람을 만난 적이 있는가?
마음이 뻥 뚫리는
사이다처럼 경쾌하고 시원한
그런 바람을 당신은 만난 적이 있는가?

바람을 만난 적이 있는가?
비바람 헤치고 천둥이 매섭게 몰아쳐도
온몸으로 견디는, 온몸을 관통하는

그런 바람을 당신은 만난 적이 있는가?

교정작업

버
고속빤스가
서울로 진입하고 있었어요
입구에서
쓰러진 시체를 보았어요
시는 말이 없었어요
가마니 한 장으로
모두 덮어버린
시체

고속버스는 시체를 지나
신
겁나게 달리고
속고버스를 탄 나도 같이
웃고 달리고

해는 져서 어두운데
시체 옆에는
웃고 있는
피묻은 시집

한 권

무등산 단풍잎

가을이라 가을바람
솔솔 소울하게 불지 않고,
달 밝은 가을밤에
기러기 날지 않네

그대 맞이할 마음
넓디넓게 비워놓고,
기다려도 오지 않는 님
오지 않는 님!

올해도 잎이 지네
피묻은 단풍잎 지네
무서리 내린
광주(光州) 무등산

잊기 싫은 까닭에

새는 잊기 싫은 까닭에
오늘도 하늘을 날고

강은 잊기 싫은 까닭에
오늘도 다리 밑으로 쉼없이 흐른다

밤은 잊기 싫은 까닭에
오늘도 참으로 어둑어둑하며

잊기 싫은 까닭에 나는
한 줄의 가련한 시 한 편 쓰며
너를 잊는다

가다

간다
간다
몸과 마음이 모두 곤두서는
비바람 눈보라 헤치고,
우리 모두 간다

핏빛, 에겔더머 넘고 다시
반도의 어둠 뚫고 돌아가는
이 험난한 시대의 가물거리는 환청들

가지 마라 가지 마라
가지 마라 가지 마라
제발 가지 마라 그 한가운데로
누가 가는가?

가는 사람은 모두 발이 있다
발 있는 사람은 모두 가는가?
발도 없이 가는 그대는 누구인가?

당신은 우리에게 누구인가?

조치원의 밤

막차도 떠나버린
충남 연기군 조치원읍
경부선 상행
0시 51분 비둘기호를 기다린다

외박을 나온 군인들은
군기를 잃고 어디론가 끌려가
다시 돌아오지 않는
조치원의 밤

발이 따뜻한 사람들은
아무도 돌아오지 않았다

야간열차 창밖으로

밤보다 검은색으로
산들은 하늘 아래서
자기들 집을 지었다

엿장사 할아버지

그는
검은 머리카락만큼 남은
세월을 다스려가며,
이 땅의 가난한 아이들을 위해
자기 삶을 조금씩 자르고 있다

4부
격려사

이사

나
죽을 때
모든 사람들에게
이렇게 말 할 수 있다면
좋겠다

나, 오늘 이사 간다

첫눈

매년
첫눈이 올 때마다
왜 나는 단 한번도
그 오랜 세월 동안
첫눈들이 내게 왔을 때

왜 나는
내 인생의 끝눈을
단 한번도 생각하지
못했을까?

망각

그가 내 몸에
흔적을 남기기 전
세상에 말하고 싶은
이야기가 있다

— 기억의 강 너머
망각도 축복일 수 있다

봄비(Ⅰ)

그냥 시간이 지나면
흐르는 눈물
혹은 그 추운 겨울 뚫고
선뜻 다가서는 안심(安心)

그 무엇으로 가릴 수 있을까?
아무런 조건 없이
내게 마냥 다가서는
그대

단비!

봄비(Ⅱ)

겨울 꽃이 지고
새로운 꽃이 피니
벌써 봄이다

봄바람 때문에 꽃이 피고
봄바람 때문에
꽃이 진다

이른 봄비 때문에 새 꽃이 피고
늦은 봄비 때문에
새 꽃이 진다

우리 곁에 문득
그대가 왔다가
쓱 지나간다

꽃

— 화가 이미애에게(Ⅰ)

무성한
한때의 영광을
무심히 잊고
피고 지고
또다시 피어나니
그대는 참 아름답다

피고
지고
지고
피니
그 꽃이
참 아름답다

사시장철
밤낮 없이 피어만 있으면
그게 꽃인가?
그 꽃에서 무슨

향내가 퍼질까?
훈풍과 삭풍이 돌아가며 꽃색과 꽃향을 입힌다

바람 부는 이 세상에
피고 지고
지고 피니
때론 떨어지고
다시 올라오니
그 꽃 참으로 곱다

참깨꽃

그 이름만으로도
맛나게 입에 닿는
참깨꽃
딸기꽃
도라지꽃

그 이름만으로도
참 멋지게 소리가 들리는
나팔꽃
은방울꽃
깽깽이풀꽃

그 이름만으로도
참 빛깔이 고운
동백나무꽃
배나무꽃
양귀비꽃

겨울이 오면

— 화가 이미애에게(Ⅱ)

가을 잠시 지나
추운 겨울 오면,
동백꽃이 핍니다

개쑥갓, 한란, 복수초, 군자란, 수선화,
매화, 천리향, 마취목, 서향나무, 호접란,

개나리자스민, 서양 철쭉, 가재발선인장,
올웨이즈, 에리카, 러쉬무어, 환타지아, 시클라멘,

크리스마스 로즈, 팔레놉시스, 더블피코티, 긴기아난,
포인세티아, 제라늄, 부바르디아, 아젤리아, 심비디움,
라넌큘러스꽃과 아프리칸 바이올렛 꽃도 피어납니다

꽃 피는 겨울이 오면,
우리는 그대를 만날 수 있어서, 늘
마음이 기쁩니다

세상에 같은 꽃은 없습니다
세상에 미운 꽃도 없습니다
이 세상에 지지 않는 꽃도 없습니다

겨울이 오면,
가을 지나 추운 겨울이 오면
검붉은 동백꽃이 다시 핍니다

너는 어디에서

기괴한 새소리가 아파트촌을 맴돌고
먹구름 아래로 궂은비가 내리는데
젖은 고압선 위에 앉아있는
참새 한 마리

참혹한 태풍이 온 마을을 휩쓸고 간
어느 가을의 농촌 과수원
사과나무 위에 매달려 있는 잘 익은
사과 한 톨

동부이촌동 한강 둘레길 양쪽으로
제법 길게 피어있는 희고 노란색의 데이지꽃
그 사이를 비집고 이쁘게 피어있는 한 송이
양귀비꽃

너는 어디에서 날아왔니?

불영계곡

냇물에 몸을 담그고
저마다 자란 돌들이
아우성 친다. 아우성

잘 자란 돌들 도시로
잘생긴 나무 부잣집
정원에 아름 더하고,
한가한 계곡 모퉁이
쳇바퀴 돌릴 집 없는
다람쥐 하나 즐겁다

중년들 단체 놀다 간
자리엔 하얀 개고기
뼈다귀만이 몸 씻네
오, 계곡이여!

오, 개고기여!

싱가폴 후배 고든 탄에게

만나면, 늘
즐거운 대화만 하는
신나는 노래만 하는
항상 유쾌한 표정만 짓는
조금 이상한 당신을
조금 나이가 들고 보니
이해가 된다
충분히 이해가 된다

여자 타령

나는 이쁜 여자를
똑바로 쳐다보지
못한다

그렇다고 못생긴
여자를 째려보지
않는다

세월의 빠른 속도감을
늘 같은 이야기로
느낀다

못돼먹은 나의 사랑 타령에
속절없이
또 세월만 흐른다

추억은 아름다워라

사과할 여자 단 세 명에
보고 싶은 여자 네다섯 명
궁금한 여자 예닐곱에
기억나는 여자 열댓 명
그리고 그 시절
진심으로 사랑했던 모든 여자들

하나님, 그립다고 말하기엔
양이 너무 많나요?

詩人(Ⅰ)

기사님! 감사합니다 차 중에 계신 신사숙녀 여러분! 잠시 소란을 피워 대단히 죄송합니다 금번에 저희 공장에서 나온 詩 하나 소개해 올리겠습니다 詩라면 여러 손님들이 이미 잘 알고 계시기 때문에 제가 가지고 나온 詩의 특징과 가격만 간단히 말씀 드리겠습니다

이번 저희 공장에서 만든 이 詩는 최첨단 소재로 각광받고 있는 바이오 포스터모더니즘에 탁월한 서정성을 코팅하여 특수하게 제조되었습니다 여러분들이 눈으로 확인하다시피, 이렇게 보시다시피 90Kg이 넘는 제가 매달려도 끊어지지 않는 정말 질긴 재료를 사용했습니다 필요하신 분은 제가 지나갈 때 쉬쉬(詩詩)하고 말씀해 주시기 바랍니다

단돈 천 원만 받습니다

詩人(Ⅱ)

승객 여러분들 대단히 죄송합니다! 조용한 차 중에 제가 조금 실례하겠습니다 저는 국가와 민족을 위해 詩를 쓰다가 본의 아니게 청송교도소에서 복역을 하고 어제 아침에 출소한 이 나라의 詩人입니다

이 자리에 계신 여러분들이 조금씩 안 도와 주면 누가 도와주겠습니까? 저도 앞으로 성실한 시민으로 살아갈 수 있도록 여러분이 천 원이고 이천 원이고 좋습니다 조금씩 도와주세요

아프로는 좋은 詩만 쓰며, 차카게 살아가겠습니다!

文學을 위하여

용비교 아래
중랑교 부근 한강둔치에는
잉어, 가물치, 붕어 등등이
모여 살고 있다

신기하게도 하루 종일
싸움 한번 없이
가끔 교미를 위해
물장구 한번씩 친다

나도 정말 아무 하고도
싸우지 않고 가끔
참된 文學을 위해
물장구나 치며 살고 싶다

지팡이

일찍 해가 지는 겨울 저녁
둘레둘레 남산 둘레길을 걷는다
숨이차 헐떡이며 약간의 고갯길을
오르는 반대편 길 위로
지팡이 짚고 흐린 가로등 지나
차분히 걷고 있는 맹인 한 분
눈뜬 나보다 훨씬 편한 모습으로
남산 둘레길을 무심히 걷고 있다

나무야!
너는 나무로 태어나
앞 못 보는 이들의 길잡이가 되었구나
눈이 되었구나!
나는 또 한 해가 저무는 12월 저녁
서울 남산 둘레길을 걸으며
내 삶의 여러 후회들을 헤아려본다
나무야 미안하다

나무에게

지금 너의 건강하고
늠름한 자세를 갖기까지
젊은 시절 진액을 흘리며
잔 나뭇가지를 낫질 당한
아픔을 간직하고 있기 때문이다

지금 바람 앞에
담담하게 서 있는
곧고 푸른 나무야
지금의 네가
나는 너무 부럽다

고양이

언제부터인가 들리기 시작한 고양이 울음소리
야옹야옹 우리집과 옆집 사이 그 좁은 틈새로 하루 종일
흘러나오는 야옹야옹 무섭고 섬뜩섬뜩함을 지나
한서린 그 울음소리 야옹야옹 불면의 밤 뚫고
꿈결까지 따라와 부릅뜬 맑은 두 눈 반짝이며
야옹야옹야옹

글쎄 아주머니 우리집 고양이가 아니라니까요
어떻게 그 틈새로 들어갔는지 몰라요
저도 하루 온종일 막대기로 두들겼는데
도무지 나오지를 않아요
아마 임신한 도둑 고양이가 들어가서
새끼를 낳았나봐요

어느 날부터인가
야옹야옹 날마다 그 울음소리 약해지더니
소록소록 여린 불꽃처럼 사위어가더니
오늘부터 울음소리 전혀 들리지 않네

그 고양이 울음소리 들리지 않네
야옹야옹야옹

격려사

당신,
영혼이나 있어요
썩은 영혼으로
무슨 시를 써

제일 가까운 곳에서
35년 동안 나를 지켜본
아내가 설거지하면서
한 말이다

| 해설 |

반세기 세월에 시의 길을 묻다

— 김흥기 시집 『첫눈이 내게 왔을 때』

김종회 | 문학평론가, 전 경희대 교수

1. 오랜 시적 공력의 의미 깊은 발현

홍안의 소년이 백발 내비치는 육순에 이르는 과정을 두고 한 사람의 일생이라 부를 수 있을까? 아니다, 그렇지 않다. 지난날 지우학(志于學)의 나이에서 이순(耳順)에 이르기까지를 계량하던 『논어』의 셈법은 이미 구시대의 유물이 되고 말았다. 언필칭 백세 시대를 목전에 둔 우리 삶의 상황이 하루가 다르도록 상전벽해(桑田碧海)의 형용을 보이고 있는 까닭에서다. 여기 고등학교 2학년 때부터 시를 쓰기 시작하여 지금 이순과 고희(古稀)의 중간 지점에 도달한 시인, 방년 18세에 시에 입문하여 반세기 가까운 기간을 시와 더불어 살아온 시인이 있다. 그에게 시는 무엇이며, 그의 삶에 어떤 의미였고 또 어떤 영향을

미쳤을까.

예순 중반의 연륜에 첫 시집을 상재하는 김홍기 시인의 얘기다. 문학적 소출로는 첫 시집이니 그를 신인이라 할 수 있을까. 그 명호(名號)는 사실 좀 불편하다. 시집 한 권을 책으로 묶어내는 일을 오래 망설였으나, 그 오랜 시간에 걸쳐 보여준 시적 행보가 그리 간단하지 않기 때문이다. 그는 경북 경산에서 출생하여 고등학교 2학년 때 대구백화점 갤러리에서 삼인 시화전을 열었다. 시인이며 영문학자였던 신동집 교수의 추천을 받았던 것이다. 20대 후반이던 1984년에는 다락방문학동인집 『내 사랑 이 땅에서』가 간행되었다. 그로부터 2년 뒤에는 그림동인 〈실천〉 및 시인들과 함께 시화집 『어울림』을 발간 · 전시했다. 1987년 「아버지의 바다」로 노동문화제 대상을 받기도 했다.

그해 1987년 《심상》의 해변시인학교 특집호에 연작시 「서울 스케치」, 《우리문학》 창간 특집호에 「할아버지의 나라」 외 5편을 발표함으로써 본격적인 시인의 길에 들어섰다. 그는 동국문학인회, 충북작가회의 회원이며, 다락방문학동인이다. 또한 오랫동안 광고계에 몸담고 전문성을 확보한 연유로 현재 런던국제광고제 한국 대표이며 동국대 언론정보대학원에서 강의하고 있다. 사정이 이러하니 어떻게 그를 첫 시집을 내는 신인이라 말할 수 있겠는가. 한 분야에 집중하는 시간이 적층된다는 것은, 단순

히 그 분야에 능력을 가지는 경과를 말하지 않는다. 그것은 그 스스로의 영혼이 그 분야의 일들과 핵심적인 차원에서 불가역적으로 연계되어 있음을 의미한다.

그러고 보면 한 시인이 자신의 작품세계를 가꾸고 형성해 가는 일이 결코 만만치 않으며, 그럴수록 그 길이 보람 있는 결과를 가져오게 될 터이다. 우리가 김홍기의 시를 두고 바라는 바도 바로 그렇다. 이 시집은 모두 4부로 구성되어 있다. 1부는 서울의 여러 면모와 풍광, 그 편린들을 스케치하듯 쓴 시들이다. 자기 삶의 터전으로서 서울과 그 갈피마다에 숨은 내밀한 모습들을 적출했다. 2부는 시인의 가족사를 엿볼 수 있게 하는 시들이다. 각기 가족과의 관계를 열어 보이고, 또 거기에 시인의 유년기 기억을 덧붙였다. 3부는 1970년대 중반 이후 1990년대 초반까지 민주화 시기를 배경으로 한다. 그리고 4부는 비교적 근작들로 삶의 주변을 살핀 짧은 시들을 포함하고 있다.

2. 서울의 갈피에 숨은 중층적 의미

이 시집의 1부 '서울 스케치'에는 대도시 서울과 그 도심에서 매일의 삶을 꾸려가는 시인이, 시인의 눈으로 바라본 도시의 여러 풍모를 그려 보인다. 이 눈은 범상한 사람들이 사물을 관찰하는 방식과는 관점 자체가 다르다. 시인은 그들이 볼 수 없는 것을 보고 느낄 수 없는 것을 느낀다. 그러기에 시인인 것이다. 그의 '북악산'은 '조그마한 그믐달을 등에 업고' 세상을 바라본다. 그의 '신촌역'은 '낮은 나뭇가지 위에 새집처럼' 지어져 있다. 그런가 하면 그의 '파고다공원'은 '우리들의 만세'가 흔해진, 시대사의 숨결이 증발한 유적지다. 이렇게 그의 서울은 작고 낮은 자리에 있으며 소중한 가치를 지키지 못하는, 질박한 세속의 저잣거리다.

그러나 그 허약한 거리가 아무 데도 쓸모없는 외형을 하고 있는 것이 아니다. 마포구 동시 상영관 앞에 노점으로 놓인 '할매의 겨울'은 자꾸만 작아지지만, 그것으로 할매는 '이 추운 겨울의 서울특별시'를 살아간다. 이 특별시의 의미는 서울의 총체성을 대변할 수 있다. 곧 언제 어디서도 폄하될 수 없는 인본주의 또는 인간중심주의의 선언과 동렬이다. 시인은 세종로를 지나면서 '교보빌딩에 세로로 목을 맨 프랜카드'를 본다. 그 문면(文面)처럼 '이 나라의 슬픔'이 한 달이면 해결될 수 있을까. 시인의 '근로자 고충'에 대한 우려와 지지가 시의 행간에 숨어 있다. 심지어 '장충동 유관순'에 이르면, 서울이 '오직 하나밖에 없는' 목숨의 역사를 끌어안고 있기도 하다.

국립묘지

외로운 동작동 국립묘지
꽃시계의 바늘도 자기 나라를 찾고
이제는 바늘 가는 것 아니고
꽃잎이 가고
꽃잎이 가는 것 아니고
우리 모두가 함께 가고 있다

우리도 땡땡땡 종 치는
삶보다 소중한 죽음을 향해
조금씩 조금씩 국립묘지의 밤과 함께
지금 우리도 가고 있지 않느냐?

—「동작동 국립묘지」 부분

세상에 사연 없는 무덤은 없다고 하는데, 항차 국립묘지에 사연 없는 주검이 있을까. 그러나 그곳은 비가 있고 바람이 있고 '소록소록 잠들어 내리는 눈'이 있을 뿐, 그 사연에 대한 말이 없다. '포탄 맞고 용감하게 죽은 육군 중사'의 아내와 아들 또한 그렇다. 설령 할 말이 있다 한들 누구에게 어떻게 할 것인가. 그런데 시인은 그곳이 '우리 모두가 함께' 가는 곳이라고 언명(言明)한다. 시인은 '삶보다 소중한 죽음'이라는 지상 최고의 상찬(賞讚)을 헌정한다. 중요한 것은 그토록 허망한 세월의 침식과 삶의 곤고함에 억눌려 있는 서울의 내면세계, 그 속에 소중하고 장엄한 의미의 결정(結晶)이 잠복해 있음을 발견하는 시인의 눈이다.

그러기에 그의 눈에는 거의 모든 사물이 외양과 내포의 중층적 의미망으로 구분지어져 포착된다. '여의도 광장'에 사람들이 '왕창왕창' 모일 때마다 '진실한 것'은 애 업은 아줌마가 포장마차 위에 놓고 파는, '고단한 눈물'로 삶은 찐 계란과 순대뿐이다. 왕창왕창은 아무리 해도 고단한 눈물을 보지 못한다. '연희동 블루스'의 연희동은 부자들이 모여 사는 동네인데, 그 부자 동네는 비 오는 겨울 오후 '도둑도 신사 되는' 그러한 신사들의 동네다. 시인의 중층적 메타포는 '청량리 뇌병원'에서 절정에 이르러, '정신이 있는 사람은 다 병이 있다'는 레토릭에 이른다. 이렇게 서울의 숨은 정체를 양분하여 살펴볼 수 있는 인식과 지각의 더듬이를 갖고 있기에, 그의 서울 시편들은 시적 고양과 승급의 차원을 확보한다.

찌거덕 찌거덕
여의도 한복판에도
가위 치며 고물 사는 엿장수가 있다네

찌거덕 찌거덕 짱짱
불손한 생각일까? 믿을 수 없다네

그들은 조국과 민족을 위하여 산다는데

찌거덕 찌거덕, 찌거덕 꽝꽝
요란한 가위소리 뚫고 내게 들리는
엿장수 아저씨 노곤한 목소리

고물 삽니다
빈 병이나 헌 냄비 삽니다

국회의사당 삽니다

—「국회의사당」 전문

누가 일러 국회의사당을 '민의(民意)의 전당'이라 했을까. 하지만 오늘을 사는 대한민국의 국민, 또는 서울 시민 어느 누구도 이 언표(言表)를 액면 그대로 믿지 않을 것이다. 시인 역시 마찬가지다. 그 중차대한 상황을 희화화(戱畵化)하기 위해, 시인은 여의도 한복판에 엿장수를 등장시켰다. '조국과 민족을 위하여 산다'는 그들을 넘어 엿장수 아저씨의 노곤한 목소리는 이렇게 들린다. "고물 삽니다. 빈 병이나 헌 냄비 삽니다. 국회의사당 삽니다." 어느 한순간에 국회의사당을 빈 병이나 헌 냄비와 같은 고물의 차원으로 전락시키는 이 비유법은, 통쾌

하면서도 해학적이며 그 상징에 있어서는 진중하다. 문제는 이처럼 날카로운 비판이 제기되어도 반성이 없는 한국과 서울의 현실에 있다. 그래도 시인의 시는 자기 몫의 소임(所任)을 다하려 한다.

곧 그가 지속적으로 서울 스케치의 시를 써 온 이유다. 그렇다면 반향 없는 메아리와도 같이 이 시들이 그 자체로 안고 있는 존재론적 사고는 어떻게 평가되어야 할까. 이란격석(以卵擊石)의 미치지 못하는 힘을 탄식하고 말 것인가. 그렇지 않다. 시는, 문학은 이런 경우에 훨씬 더 힘이 세다. 인류 문화사에 기록된 문학의 힘은, 때로 작은 물줄기가 모여서 대하(大河)를 이루고 마침내 바다에 이른다. 김홍기의 시는 그 경과 과정의 한 요소로 작동한다. 비록 '스스로 돌아봐도 쓰레기보다 못한 내 하루' 같지만, 시적 화자는 '평생을 산 모든 분들에게' 미안함(「쓰레기」)을 전한다. 이 작고 보잘것없는 것들의 연합이 마침내 각성과 연대의 내일을 약속하는 어느 늦은 서울의 밤! 그의 시가 한결 힘차고 웅숭깊게 보인다.

3. 가족사의 깊은 질곡을 이기는 힘

동양문화권의 전통적인 유학 정명주의(正明主義)는 공자와 맹자의 사상을 발원으로 한다. 이제는 고색창연한

옛일로 치부될 수 있으나, 그 가운데는 시간의 풍화작용에도 침식되지 않는 요체들이 있다. 곧 가족 간의 관계다. 이 관계성이 건강한 이는 대체로 그 삶이 행복하다. 맹자는 그가 내세운 세 가지 즐거움(孟子三樂) 중에 첫 번째로, 부모가 살아계시고 형제가 어려움에 없는 것(父母俱存 兄弟無故 一樂也)이라고 했다. 세태가 변하여 핵가족화가 일상적인 양상이 되었으니, 이 오랜 훈도(薰陶)도 빛바랜 구식 언술이 되고 말았다. 그러나 그 어의(語義) 속에 숨은 '가족 사랑'은 예나 지금이나 다를 바 없다. 시인은 특히 이 대목에 민감한 언어의 주인이다.

김홍기의 시집 2부는 그 가족 사랑의 절실한 고백들로 충일하다. 그래서 그는 이 단락의 소제목을 '연가(戀歌)'라 붙였다. 그의 연가는 '내가 너를 진실로 사랑함 같이 네가 나를 진실로 사랑한다면'(「연가」)에서 볼 수 있는 바와 같이, '나'와 '너'를 상대역으로 분리하고 그 사랑의 깊이와 가능성을 탐색한다. 시적 화자는 '바람으로만 손짓하는 허수아비의 가을 들판'을 날며, '여물어가는 쌀알을 쪼아먹는 두 마리의 참새'로 남을지라도 그 사랑의 불변(不變)을 말한다. 그러기에 '우리의 노래를 나누어 놓을 새총이 있을까?' 하고 반문하는 것이다. 이때 두 상대역의 형상이 자못 숙연하여, 어쩌면 종교적 신성의 관계성에 대입해도 그다지 어색하지 않을 것 같다.

동해 청명한 햇빛가루로
바다는 해초를 키워가고 있다
뻘에는 어린게들이 저마다 집을 짓고
해풍은 가벼운 소금기로 멀리
노란 청무 꽃들을 흔들고 있다
아버지의 만선을 꿈꾸는 출항제
오랜 연륜으로 때묻고 바랜
삶의 닻을 올리는
그 삶의 햇빛에 그을린
견고한 아버지 손
엄마의 체온에 기대어 아들은
평온한 아버지의 땅 위로 떠나는
작은 고깃배만 바라보고 있다.

아버지 바다는 가고
또 가도 끝이 없다.
항해일지에는
작은 고기 한 마리 가두어 두지 못하고
어망(語網)에는 '아들아 너를 사랑한다'
아버지의 말씀만 싱싱하게
퍼득인다.

—「아버지 바다」 부분

시인은 「아침 기도」에서 “세월이 흘러가면/ 언젠가 다시 되돌아볼/ 낡은 사진 한 장/ 그러나 냇물처럼 세월이 흘러가면/ 그냥 오는 시간이 아닙니다”라고 노래했다. 하루를 시작하는 아침에 기도를 드리면서 ‘낡은 사진 한 장’이 소구(訴求)하고 증명하는 시간의 함의를 되새긴다. 예문의 시 「아버지 바다」는 바로 그렇게 떠나고 돌아오지 않는 아버지의 시간을 묘사한다. 모든 것은 시간 속에 있다. 그것을 깨어있는 의식으로 응시하는 시인의 발화는 이제 떠나고 없는 아버지를 말못할 그리움으로 회상한다. 시인은 그 그리움의 끝자락을 놓지 않는다. ‘만선을 꿈꾸는 출항제’에서 아마도 시적 화자일 시 분명한 아들은, 어머니의 체온에 기대어 아버지의 ‘작은 고깃배’만 바라보았다.

만선의 꿈은커녕 그 자신의 몸도 거두어 오지 못한 아버지는 ‘아들아 너를 사랑한다’는 말씀만 남겼다. 아버지의 말씀을 담은 검정 고무신이 해변까지 밀려온 것이다. 어떤 전설적인 이야기보다 이 담론은 강한 울림을 준다. 아들의 사랑보다 아버지의 사랑이 더 크기에 그렇다. 그런데 그 아버지에게 아직 살아있는 아버지, 곧 할아버지가 있다. 이를 서술한 시 「할아버지 나라」는 죽어가는 ‘나’를 화자로 하여 그 아버지와 어머니를 부르고, 연이어 할아버지까지 등장한다. 한 가족의 온 가계(家系)가 죽음 앞에, 통곡의 벽 앞에 선 형국이다. 그러나 화자는 절망하지 않는다. '삶의 푸른 깃발이 펼쳐지는 날'이 오면, '우리 할아버지 만나러' 하늘나라로 날아가겠다는 것이다.

러시아의 문호 톨스토이는 그의 장편소설 3부작 중 하나인 『안나 카레니나』의 서두에서 "행복한 사람들은 거의 비슷한 모습으로 행복하지만, 불행한 사람들은 제각각의 모습으로 불행하다"고 썼다. 가족의 죽음 앞에 선 불행은 어떤 성격일까. 불행은 불행이되 당사자의 심사에 따라 그 빛깔이 다를 수 있다. 그러기에 불가(佛家)에서는 일체유심조(一切唯心造)라 하고 성경에서는 '무릇 지킬 만한 것 가운데서도 네 마음을 지키라'고 가르친다. 「바람드리 노래」에서는 '연탄가스에 중독된 어린 손자'를 위해 새벽까지 '동치미 국물'을 먹여 주시던 할머니가 세상을 떠난다. 그 손자는 '가난의 집에서 평생을 보낸 거짓 없었던 할머니의 일생'을 잊을 수 없다고 토로한다.

달도 없는 산길은
어둠이 걸어가고,
내 발길 더듬는 척박한 땅이
길이 되어 걷는다

어쩌면 내 어머니 살아오신

일생 같은 비 뿌리는 황토 산길
당신은 무슨 바람으로
이 긴 시간을 살아오셨습니까?

솔밭에는 산새들의 젖은 울음소리,
과수원 탱자 울타리 사이로 스쳐 가는 피묻은 바람소리
낮은 마을에 가지런히 서 있는
초가집에는 개 짖는 소리만 컹컹컹
내 빈 마음에서 서로 서로들 만나고,

구름 뒤에서 우는 어머니
그러나 당신의 눈물 종자 한 톨
5월 어느 날 가시넝쿨 속에서
탱자꽃으로 피어, 저를 보고
환하게 웃으시겠지요

—「탱자꽃」 전문

그 힘겹고 또 한 많은 '여자의 일생'이 어머니의 경우라 해서 다를 바가 없다. 그 어머니가 이 세상을 떠난 다음이면 더욱 확연해지는 사실이다. 하물며 어머니란 정서의 강도는 그 무엇에 비교해도 뒷길로 갈 수가 없는 것이다. '달도 없는 산길'이자 '내 발길 더듬는 척박한 땅'

이 '내 어머니 살아오신 일생 같은 비 뿌리는 황토 산길'이다. 이제 '구름 뒤에서 우는 어머니'는 어느결에 화자의 곁을 떠나 먼 나라로 가고 말았다. 그 어머니의 '눈물 종자 한 톨'이 '오월 어느 날 가시넝쿨 속에서 탱자꽃'으로 피었다. 그 꽃의 표정으로 화자를 보고 환하게 웃는 어머니의 미소를 볼 수 있다면, 어머니의 죽음은 죽음이 아니다. 그러할 때의 시인은 이미 죽음을 넘어서는 생사경(生死境)의 이치를 체득하고 있다.

생전의 어머니는 아들에게 '사업 한 번 벌리자'(「어머니의 기도」)고 채근했다. 그 사업으로 돈을 벌자는 것이 아니라 착한 마음씨와 뛰어난 재능을 두고 제약회사에서 일하는 아들이 안타까워서다. 더 나아가 신학교 들어가서 목회자가 되라고도 했다. 아들의 일생과 그 일에 대한 '어머니의 기도'가 듣는 자에게도 쉽사리 전달된다. 어머니의 죽음 앞에서, 슬픈 아들은 그러나 행복하다. 이 이율배반적인 삶과 죽음의 경계에 시인은 어머니의 기도라는 표지석을 세웠다. 이 아픈 가족사의 한 부면에는 '나보다 세 살 많은 우리 누나!'(「나도 누나가 있다(Ⅰ)」)의 죽음도 있다. 초등학교 1학년 때 병명도 모른 채 죽은 누나는, 화자에게는 유년 시절에 체현한 또 하나 가족사의 비극이다.

무엇보다도 '그 당시 30대 엄마'가 '가끔 혼자 소리로 흐느끼며, 매일 울음을 감추셨던' 것이다. 가족 간의 서정적 공감은 어떤 질병보다 전염성이 강하다. 마침내 화자는 이렇게 토설(吐說)한다. "보고 싶은 누나/ 누나가 바빠서 올 수 없다면/ 내가 누나 있는 곳으로 가야지/ 누나, 그리움 때문에 잊혀지지 않는 사람은/ 결코 죽은 사람이 아니야"(「나도 누나가 있다(Ⅱ)」). 이 인용문의 마지막 구절, '그리움 때문에 잊혀지지 않는 사람은 결코 죽은 것이 아니야'는 이 시집 전반을 통털어서 주목할 만한 수발(秀拔)한 표현이다. 이와 같은 시 한 줄은 쉽게 얻어지지 않는다. 가슴속에 잠겨 있는 오랜 사유(思惟)의 성숙과 문장의 표현법이 조화롭게 만났을 때 비로소 가능한 결과다.

이제는 고인이 된 당대의 문학평론가 김윤식 교수는 시인과 시적 화자 사이의 거리를 설명하면서, 시를 심혼시와 정신시와 기교시로 구분한 적이 있다. 심혼시는 개인의 깊은 영혼과 그 자리를 드러내고, 정신시는 올곧은 정신과 세상을 바라보는 눈을 드러낸다. 기교시는 이와 좀 떨어져서 언어 기교를 중시하는 시를 말한다. 김 교수에 의하면 기교시는 시인과 시적 화자의 거리가 먼, 문학의 근대성을 반영한 형식이다. 그러나 심혼시와 정신시는 그 양자가 가까이 밀착해 있고 시를 통해 시인을 짐작하게 하는 유형이다. 계량해 보건대, 김홍기의 시는 심혼시와 정신시의 중간쯤 그 어간에 뿌리를 내리고 있는 것이 아닌가 여겨진다. 이 지점에서 그의 시는 인생만사 여러 지경에서의 슬픔과 아픔을 시의 표면으로 밀어 올린다. 그런데 그것이 모두가 아니다.

서울 변두리 교회에서
십자가를 지고 계신
우리 아버지

행복한 나라를 위하여,
그 십자가 지심으로
우리 공부 시키시고,
식구들 먹이시고, 입히시고,
잠재우시고, 가끔 세상과 싸움도 하신다

뻘뻘 땀 흘리며 십자가를 지고 계신
우리 아버지
이 세상 한구석 높이 들고서
언제까지 견딜 수 있을까?
참담한 이 땅 위에서
더 행복하고 그리운 그의 나라를 위하여

—「행복한 나라」 전문

우리가 김홍기의 시에서 살펴본 바와 같이, 마음먹기

에 따라 '참담'한 질곡을 정신적 승리로 극복할 수도 있다. 뿐만 아니라 죽음 자체도 그것으로 끝이 아닌 사례를 얼마든지 찾아낼 수 있다. 인용한 시 「행복한 나라」에서 아버지는 '서울 변두리 교회'에서 십자가를 지고 있다. 그 십자가 짐으로 가족을 돌보고 가끔 세상과 싸움도 한다. 화자는 묻는다. 아버지의 십자가가 '이 세상 한구석 높이 들고서 언제까지 견딜 수 있을까?' 그런데 그에 덧붙인 구절이 이채롭다. '참담한 이 땅 위에서 더 행복하고 그리운 그의 나라를 위하여.' 이렇게 보자면 아버지의 십자가는 인간의 삶을 부축하고 종교적 신성에 복무하는 그 두 몫을 거멀못처럼 동시에 붙들고 있는 것이다. 김홍기 시의 궁극은 이렇게 가족사의 비극에서 시작하여 생사경의 분할을 넘어서, 이윽고 신성의 발밑에 이르렀다. 그의 시를 입체적으로 증축되어가는 언어의 집이라고 보는 이유다.

4. 표현욕구와 기록욕구의 두 얼굴

시인은 왜 시를 쓸까. 쓰지 않으면 안 되기에 시를 쓴다. 이를 일러 시론에서는 표현욕구라 한다. 표현욕구는 대체로 개인의 가슴에 울혈처럼 맺혀 있는 언어들을 풀어놓는 일이다. 이 글쓰기의 방식이 시대 또는 사회적 쟁

점을 포괄하고 있을 때 이를 두고 기록욕구라 한다. 독자가 시를 읽는 일도 마찬가지다. 시를 통해 그 정서와 사상에 공감하고 감동을 촉발하는 것은 개인적인 차원에 그칠지 모른다. 하지만 시와 더불어 당대의 문화현실에 동참하는 것은 공동체의 관심사에 힘을 더하는 처사다. 이렇게 시인도 독자도 시를 매개로 하여 개인적인 영역과 공동체의 영역을 함께 왕래한다. 때로는 몇 줄의 시를 만남으로써 우리는 필생(畢生)의 개안(開眼)을 얻기도 한다.

이 시집 3부에 실린 시들은, 시인 김홍기가 만난 사회사적 경점(更點)의 순간들을 공동체 의식의 기반 위에서 진술한 것이다. 그는 특히 오월의 광주를 잊지 못한다. 시인은 만해 한용운의 「님의 침묵」을 원용하여 모든 아름다운 것들이 모두 처참한 피해의 양상으로 변한(「5월의 노래(Ⅰ)」) 그 정황을 시로 쓴다. '한 가닥 5월의 봄 햇살'이 이마에 닿을 때 그는 이를 '하나님이 쏜 화살'로(「5월의 노래(Ⅱ)」) 인식하고 있다. 이를테면 편안하고 자연스러워야 할 우주의 대기가 천형(天刑)으로 탈바꿈하는, 어처구니없는 배리(背理)를 감당하고 있는 것이다. 세상을 사는 동안 누구에게나 이러한 체험이 있을 수 있다. 개인적인 차원에서건 공동체적 차원에서건. 다만 시인은 이에 더욱 민감한 촉수를 가졌다 할 것이다.

꽃이 피고, 또 지고
바람 불고, 비가 오니
이제 빛고을 광주에도
부활의 계절
오월이 돌아왔습니다

오월에는
겸손하게 무릎 꿇고
반듯하게
두 손 모아서
하나님께 기도 올리고 싶습니다

— 주님, 그러나 저는 지금
한 손뿐이 없습니다

—「5월의 노래(Ⅲ)」 전문

이 시에서 꽃과 바람과 비는 모두 세월의 경과를 대변하는 이미지로 사용된다. 얼마가 지났는지는 알 수 없으되 그렇게 세월이 흐르고 '빛고을 광주'에는 부활의 계절 오월이 돌아왔다. 화자는 그 오월에 '겸손하게 무릎 꿇고 반듯하게 두 손 모아서' 기도드리고 싶다. 그런데 그에게는 한데 모을 두 손이 없다. 한 손뿐인 것이다. 유

추하기로는 그 세기적 비극의 현장에서 한 손을 잃은 부상자의 한탄으로 들린다. 멀쩡한 목숨을 잃은 이들이 즐비한 가운데 손 하나의 상실은 굳이 비교하자면 치명상이 아닐 수도 있다. 그러나 기도드릴 한 쪽 손이 부재한 이 상황의 기술(記述)은, 이 짧은 시를 가장 암시적인 기법을 가진 작품으로 부각시킨다.

나무는 서서 자유롭게 바람을 마주한다
먼 곳에서 불어오는 바람으로 그가 노래를 부른다
한낮, 들리는 하모니카 소리가 경쾌하다.

나무는 서서 거친 비도 맞이한다
나무는 서서 그 고난으로 자기 몸의 때를 씻어내린다
오후, 하늘의 붉은 노을이 가없다.

나무가 변함없이 서서 세상을 바라본다
세상도 가만이 나무를 쳐다본다
자연, 아무런 소리가 없다.

—「서서 부르는 노래 - 화가 전지연에게(1)」 부분

오월의 광주를 경유하여 세상을 바라보는 시인은, 앉아서 노래를 부르지 못한다. '화가 전지연'이 어떤 형편에 있는지, 시가 전하는 정보로는 알 수가 없다. 그러나 그에게 헌정하는 두 편의 시는, 그 화가가 겪은 일들이 시인의 격동을 불러오기에 충분했음을 짐작할 수 있다. 과거의 상흔을 극복하려는 사람들은 용서하되 잊지는 말자고 한다. 그래야만 '어제 흘린 희뿌연 눈물'이 '그의 양식'이 될 터이기에 그렇다. 이 시에서 참고 견디는 자의 형상은 '나무'로 현현(顯現)한다. 그 나무는 '바람'을 마주한다. 김홍기의 시에서 바람은 많은 담화를 이끄는 소재다. 나무가 마주하는 바람, 나무가 맞이하는 비, 나무가 바라보는 세상은 새로운 날에 새로운 삶의 문법을 익혀가는 화자의 태도다.

당연히 그 나무가 영원불멸의 존재일 수 없다. '나무는 서서히 서서 죽는다.' 이때의 '서서히'는 형극의 날을 넘어온 자의 남은 날들이 오래 지속되는 모양을 말한다. 이때의 '서서'는 과거의 압박에 굴하지 않고 자기 주체성으로 세상을 마주하며 사는 자세를 말한다. 그러기에 "평생 서서 부르는/ 고단한 삶의 노래를 다시 부르며/ 나무는 올곧게 서서 죽는다." 시인은 이를 두고 '참 아름다운 부활의 그날을 위하여'라는 사유(事由)를 덧붙인다. 또 있다. 이 시의 마지막에 '잘 가라 내 청춘!'을 부기(附記)한 것이다. 이 모든 슬프고 아프고 안타까운 현실을 넘어서 새 삶의 지평을 예비하는 선포가 거기에 있다. 어떻게 시인뿐이겠는가. 우리 모두는 그 경계선을 넘어야 한다.

자아의 대척점에 서 있는 세계와의 불화 또는 그에 대한 저항을 정돈하고 축약하면 마지막에 '사랑'이 남는다. 시인이 오월 광주를 노래한 시편들에 뒤이어 사랑을 소환하는 것도 결국은 그 때문이다. 이 사랑 노래의 말미에는 '언제나 그대'(「사랑 노래」)가 있다. 그런데 김홍기의 시에서 주목할 한 가지는, 앞서 언급한 바 있지만 '바람'을 대하는 그의 심상이다. 이 바람은 저항에서 사랑에 이르는 궁핍한 행로를 편만(遍滿)하게 채우는 존재, 그러한 타자의 다른 이름이다. 그래서 그는 '누가 바람 부는 날 노래할까'라고 되묻고 있으며 '누가 바람 부는 날 울고 있는가'(「바람 부는 날」)라고 재차 질문한다. 그의 바람은 고난의 날은 물론 '즐거운 날에도 불어야'(「그날을 위하여」) 한다. '절단된 세상'의 빈 들에서 '밤새 내린 달빛'이 '들바람에도 흩어지지 않고' 차곡차곡 쌓이도록(「빈들에서」), 그 엄중한 학습효과에 도달하도록.

바람을 만난 적이 있는가?
아무런 느낌 없이 훅하고 지나가는
지난 후에야 알게 되는
그런 바람을 당신은 만난 적이 있는가?

바람을 만난 적이 있는가?
피부를 스쳐 가며 이런저런 아픔을 씻어주는

연초록 잎새들을 마구마구 흔드는 정갈한
그런 바람을 당신은 만난 적이 있는가?

바람을 만난 적이 있는가?
마음이 뻥 뚫리는
사이다처럼 경쾌하고 시원한
그런 바람을 당신은 만난 적이 있는가?

바람을 만난 적이 있는가?
비바람 헤치고 천둥이 매섭게 몰아쳐도
온몸으로 견디는, 온몸을 관통하는
그런 바람을 당신은 만난 적이 있는가?

—「바람을 만난 적이 있는가?」 전문

바람은 그 어휘의 뜻이 말하는 것처럼 '훅하고 지나가는' 것이다. 그러므로 '지난 후에야 알게 되는' 존재 양식을 가졌다. 화자는 독자에게 '바람을 만난 적이 있는가?'라고 각 연의 서두에서 네 차례에 걸쳐 채근하듯 묻는다. 누구나 바람을 만나지 않은 사람은 없다. 화자가 묻는 것은, 그처럼 상식적인 바람이 아니라 느끼는 자, 견자(見者)의 감각에 의미 깊은 각인을 남기는 바람이다. 그리고 그로 인해 어떤 깨우침과 울림이 남았는가에 대한 확인이다. 이 부분에 대한 공명(共鳴)이 있고서야 '온몸을 관통하는' 그런 바람을 만날 수 있다는 말이다. 이러한 대오각성의 날은 일생을 두고서도 쉽지 않은 것이다. 시인은 그렇게 난감한 일의 고삐 또는 물꼬를 바람에 두고 있는 셈이다.

3부의 말미에 이르러, 시인은 이제까지의 세상 바라보기 관점에 덧붙여 몇 가지 간결하고 소소한 소회를 열어 보이고 있다. 여기에서는 무등산 단풍잎을 응대하는 시선도 한결 가라앉아 있다. 세월이 흐르면 감정도 정제되는 것이 아닐까. 그의 회억(回憶)은 이렇다. "올해도 잎이 지네/ 피 묻은 단풍잎 지네/ 무서리 내린/ 광주(光州) 무등산"(「무등산 단풍잎」). 이 광주를 잊을 수 없어서, 아니 잊기 싫은 까닭에 시인은 다시 시 한 편을 쓴다. 그 결어(結語)를 옮겨오면 이렇다. "잊기 싫은 까닭에 나는/ 한 줄의 가련한 시 한 편 쓰며/ 너를 잊는다"(「잊기 싫은 까닭에」). 망각의 강 양안(兩岸)을 가로지르는 어지러운 외나무다리처럼 시 한 편이 걸렸다. 앞서 언급한 기록욕구의 모습이 거기에 있다.

5. 연륜과 깨달음을 함께 담은 시편

평범한 사람들의 일상도 연륜의 겉옷을 덧입히면 역사

가 된다. 이는 단지 그렇게 쌓인 층위가 높아졌다는 것이 아니라, 그 춘풍추우(春風秋雨)의 시절을 보내면서 내면의 사상이 깊고 여물게 되었다는 경험법칙을 지칭한다. 일상이 역사로 치환되는 수준의 글쓰기는 대체로 어렵지 않고 쉬운 문장으로 구성되며 그 길이 또한 그다지 버겁지 않은 것이 일반적이다. 성경이나 불경을 풀어서 써 놓은 글, 삶의 진리를 담은 문장은 거개가 쉽게 읽힌다. 시인이 이 경지에 이르자면, 이제껏 그가 축적해 온 시 세계 전체를 투여해야 가능할지도 모른다. 반갑게도 김홍기의 이 시집 4부에 와서, 우리는 그와 같이 분량이 축약되고 해독이 편안한 여러 편의 시를 만나게 된다.

나
죽을 때
모든 사람들에게
이렇게 말 할 수 있다면
좋겠다

나, 오늘 이사 간다

—「이사」 전문

매년

첫눈이 올 때마다
왜 나는 단 한번도
그 오랜 세월 동안
첫눈들이 내게 왔을 때

왜 나는
내 인생의 끝눈을
단 한번도 생각하지
못했을까?

—「첫눈」 전문

4부 첫머리의 시 2편이다. '죽을 때'에 '이사 간다'고 말할 수 있다면, 그 생애는 이미 어떤 달관의 지점을 넘어선 것이 아닐까. 천상병의 「귀천」이 겹쳐 보이는 것은 우연이 아니다. 왜 화자는 '첫눈들이 왔을 때'에 '인생의 끝눈'을 단 한 번도 생각하지 못했을까. 그것이 우리 모두가 꾸려가고 있는 인생사의 진면목이기에 그렇다. 이 작고 소박한, 그러나 단단하고 뜻깊은 언어의 조합들은 문득 시인의 시가 하나의 고비를 넘어 화명(花明)한 경계를 목도하고 있음을 증거한다. '죽음'을 '이사'에 대입하고 '첫눈'에 '끝눈'을 대비하는 시적 은유는 하루아침에 얻어지는 기량이 아니다. 하나의 시집을 두고 한 시인에게 신뢰를 보낼 수 있는 요인들이 바로 이러한 것이다.

이 화법을 응용하면 '기억의 강 너머/ 망각도 축복'일 수 있다. 삶의 현장에서도 그러하겠지만, 시의 현장에서도 등급이 달라지는 깨달음은 이렇게 온다. 이 시편들이 주로 시인의 근작(近作)이라는 측면에서, 그렇게 단정적으로 평가해도 크게 무리가 되지는 않을 것이다. 예컨대 꽃을 관찰하는 심미(審美)의 눈을 상정해 보자, "사시장철/ 밤낮없이 피어만 있으면/ 그게 꽃인가?/ 그 꽃에서 무슨/ 향내가 퍼질까?"(「꽃」). 시인은 이 인용문의 다음 구절에서 '훈풍과 삭풍이 돌아가며 꽃색과 꽃향을 입힌다'고 해명한다. 그러할 때의 꽃은 '참으로 곱다.' 세상에 이쁘지 않은 꽃이 어디 있으랴만, 이 풍찬노숙(風餐露宿)의 꽃에서 아름다움을 찾아내는 것이 시인의 역량이다.

> 꽃 피는 겨울이 오면,
> 우리는 그대를 만날 수 있어서, 늘
> 마음이 기쁩니다
>
> 세상에 같은 꽃은 없습니다
> 세상에 미운 꽃도 없습니다
> 이 세상에 지지 않는 꽃도 없습니다

겨울이 오면,
가을 지나 추운 겨울이 오면
검붉은 동백꽃이 다시 핍니다

—「겨울이 오면」 부분

시인은 겨울 꽃, 동백꽃에 대해 그 오래 묵은 감상을 말하고 있다. '가을 잠시 지나 추운 겨울 오면' 피는 꽃이다. 동백꽃을 만날 수 있어서 겨울이 기쁜 시인의 심정적 감응은, 그 서로 상반된 환경조건으로 인해 더욱 절절하다. 그 빛깔이 '검붉은' 것은 전혀 문제가 되지 않는다. 이 감성적 절박성 또는 자기 확신의 범주가 비단 꽃에만 머물 리 없다. '이쁜 여자'와 '못생긴 여자'의 이분법(「여자 타령」)도 그에게는 별반 구분점이 되지 못한다. 그는 다만 "세월의 빠른 속도감을/ 늘 같은 이야기로/ 느낀다." 여름처럼 젊었던 시절에 일도양단(一刀兩斷)의 흑백논리를 가지지 않았던 이가 있을까. 이 엄정한 잣대를 희석시키고 보다 큰 시야를 열어준 것은 세월이었다.

사과할 여자 단 세 명에
보고 싶은 여자 네다섯 명
궁금한 여자 예닐곱에
기억나는 여자 열댓 명

그리고 그 시절
진심으로 사랑했던 모든 여자들

하나님, 그립다고 말하기엔
양이 너무 많나요?

—「추억은 아름다워라」 전문

삶에 대해서 그리고 시에 대해서 일말의 여유를 갖지 못한 시인은, 시적 대상이나 객관적 상관물을 그 범주 밖으로 확산하여 운위하지 못한다. 그 울타리 밖의 논의는 관습적인 시의 모형을 넘어 전혀 유다른 어법으로 말하기에 해당한다. 김홍기는 시적 해학 또는 희화화의 글쓰기로 이에 대응한다. '진심으로 사랑했던 모든 여자들'이라 명명했으나, 이 계량법은 기실 그가 살아온 세상의 모든 인간관계를 총칭하는 언어적 대위법(對位法)이다. 그는 신에게 묻는다. "하나님, 그립다고 말하기엔 양이 너무 많나요?" 온 생애의 요점에 해당하는 항목들을 열거하고 '질'이 아니라 '양'으로 질문하는 것은, 그 질문에 대한 답변이 긴요하지 않다는 뜻이다. 시인의 진심은 그 요점들의 구체적 세부에 있다. 그래서 시의 제목이 '추억은 아름다워라'인 것이다.

이 시인의 희화화가 시적 발현의 천정을 치는 지점은,

「시인 Ⅰ」과 「시인 Ⅱ」의 연작이다. 이 시들에서 시적 화자는 운행 중인 차에 올라 '신사숙녀 여러분'에게 시를 '판매'하는 서사적 줄거리를 전개한다. 그가 판매하는 시는 '바이오 포스트 모더니즘에 탁월한 서정성을 코팅하여 특수하게 제조'되었다. 시의 정신적 고양을 헌신짝처럼 내던져 버리고 물화(物化)된 세계관을 적극적으로 적용하여, 시를 가두 판매의 매대(賣臺)에 세운 것이다. 그것도 '단돈 천 원만' 받는다. 「시인 Ⅱ」에서 화자는 청송교도소에서 복역하다 금방 출소한 시인이다. '아프로는 좋은 시만 쓰며 차카게' 살겠다는 그의 호소는, 역으로 시인의 운명적 입지와 위신을 환기한다.

과연 어떻게 시를 쓰고 어떻게 사는 것이 올바른 시인의 길일까? 이 부문에 대한 내적 성찰과 조명이 수반되지 않으면 쓸 수 없는 시다. 그와 같은 시인의 자기 점검은 마침내 다음과 같은 시의 한 결론을 생산한다. "나는 정말 아무 하고도/ 싸우지 않고 가끔/ 참된 문학을 위해/ 물장구나 치며 살고 싶다"(「문학을 위하여」). 위인(偉人)과 치인(癡人) 사이가 종이 한 장이라는 옛말이 새삼스럽다. 이러한 결미에 이르도록 시인은 반세기 성상(星霜)을 두고 시의 날을 벼리며 지나온 것이다. 그러니 직접적인 언급은 없어도 스스로에 대한 연민과 회오(悔悟) 또한 만만치 않을 터. 시인은 문득 이러한 수사(修辭)를 가져온다. "지금 바람 앞에/ 담담하게 서 있는/ 곧고 푸른 나무야/

지금의 네가/ 나는 너무 부럽다"(「나무에게」).

시인은 4부의 소제목으로 '격려사'란 이름을 붙였다. 시인으로서의 자신을 가장 근거리에서 지켜본 '아내'의 비판을 담고 있으나, 시인에게는 그야말로 시를 훈육하는 교편이요 격려의 죽비다. 이러한 후원의 힘이 있기에, 그 선량한(?) 겁박을 격려사로 받아들였기에 오늘의 시인 김홍기가 있다. 세상살이 65년 그리고 시력(詩歷) 반세기에 걸친 분망한 걸음 끝에, 늦깎이로 첫 시집을 내놓는 김홍기 시인의 가슴속에 시의 우물이 마르는 날은 없었을 것이다. 이제 지금부터 시작이다. 언제나 늦었다고 생각할 때가 실상은 가장 빠른 때가 아니었던가. 이순의 고개를 넘긴 지 몇 해, 아직도 창창한 앞날을 앞두고 있는 그의 장도(壯途)에 더 큰 시적 성취를 기대해 마지않는다.

이미애

이미애 작가는 홍익대 회화과를 졸업했다.
캔버스에 붓이 아니라 조각칼로 형상과 색채를 만들어가는 독특한 화풍의 이미애 작가의 '꿈꾸는 겁쟁이'는 자기 성찰의 시간을 거쳐 숙성된 원초적 언어를 담아내려 한다. 삶의 무게에 짓눌려 탈색되어 버린 당신을 조심스럽게 세상 밖으로 끌어낸다. 작품에서 과감한 생략과 절제는 잊어버린 꿈과 생명을 되살리는 몸짓이다.
이미애 작가는 홍익 루트회원으로 7회 개인전과 다수의 아트페어와 단체전 등을 통해서 독특한 화풍으로 화단의 주목을 받고 있다.

개미시선 072
첫눈이 내게 왔을 때

1쇄 발행일 | 2022년 03월 01일
2쇄 발행일 | 2022년 03월 15일
3쇄 발행일 | 2022년 03월 18일

지은이 | 김흥기
펴낸이 | 정화숙
펴낸곳 | 개미

출판등록 | 제313 – 2001 – 61호 1992. 2. 18
주소 | (04175) 서울시 마포구 마포대로 12, B-103호(마포동, 한신빌딩)
전화 | (02)704 – 2546
팩스 | (02)714 – 2365
E-mail | lily12140@hanmail.net

ISBN 979 – 11 – 90168 – 42 – 7 03810

값 10,000원